FISCHER

Ingo Schulze

Einübung ins Paradies

Mit Originalholzschnitten
von augen:falter

FISCHER

Neuerdings atme ich sogar auf, wenn ich den Tierpark betrete, als wäre ich weit draußen im Grünen aus dem Auto gestiegen. Dabei habe ich zoologische Gärten und ähnliche Einrichtungen nie gemocht. Die Idee, mir freiwillig Tiere hinter Gittern, Gräben und Volieren anzusehen, wäre mir ebenso abwegig erschienen wie der Besuch eines Boxkampfes, eines Parteitages oder Gottesdienstes. Ich fand es immer abstoßend, sich an gefangenen Kreaturen zu erfreuen, sie niedlich, komisch, menschlich, ulkig, gefährlich, exotisch oder langweilig zu finden. Ist das nicht obszön? Spürt man darin nicht eine Haltung, die nur ein paar Generationen vor uns noch Menschen zu Ausstellungsobjekten gemacht hat, weil sie eine andere Hautfarbe hatten oder Missbildungen aufwiesen? Hätte mir jemand prophezeit, ich würde eines Tages eine Jahreskarte für den Berliner Tierpark besitzen – ich hätte nur gelacht.

Als Emil und Hanna, die Kinder meines Bruders, mich letzten Sommer besuchten, wollten sie in den Zoo, wegen dieses Eisbärenbabys,

das gar kein Baby mehr ist. Nun ist es mein Ehrgeiz, ihnen eine gute Tante zu sein. Also gingen wir in den Zoo. Am nächsten Tag wollten sie gleich wieder hin. Das lehnte ich ab. Als Kompromiss einigten wir uns auf den Tierpark, mit der U-Bahn sind es von mir aus keine fünfzehn Minuten dorthin. Den Kindern gefiel es, und ich dachte, einmal muss man ja doch hier gewesen sein. Was fiel einem denn früher zu Berlin ein? Der Fernsehturm, das Brandenburger Tor mit der Mauer, der Pergamonaltar, der Palast der Republik und der Tierpark. Sobald ich als Kind den Fernseher einschaltete, kam dieser Tierpark-Teletreff mit Prof. Dr. Dr. Dathe und Annemarie Brodhagen. Hinter den beiden wimmelte es nur so von Besuchern. Schwenkte die Kamera auf die Tiere, schien es, als liefen diese frei herum und würden sich im nächsten Moment unter die Menschen mischen. Prof. Dr. Dr. Dathes überbordendes Wissen, seine Fähigkeit, unaufhörlich über Tiere zu sprechen und dabei Hunderttausende durch seine Erzählung zu fesseln und

zum Staunen zu bringen, so dass Annemarie – der Professor durfte unsere schönste und beliebteste Fernsehansagerin einfach nur Annemarie nennen – schließlich nur noch selig, erschöpft und demütig hat lächeln können, während sich Prof. Dr. Dr. Dathe doch gerade erst warmgeredet hatte und allmählich mit den eigentlich wichtigen Informationen herausrückte. Das prägte mein Bild eines Gelehrten. So musste ein Professor sein!

Mir gefiel sofort die Weite des Parks. Obwohl ich mit Hanna und Emil bereits kurz nach zehn gekommen war, hatten wir abends um sechs noch nicht alles gesehen. Ich will nicht wissen, was hinter der nächsten Biegung kommt, ich verlaufe mich lieber – deshalb verschob ich von Mal zu Mal den Besuch der Anhöhe hinter dem Affenhaus.

Als ich Pawel davon erzählte, hat er gelächelt. Das passte zu seinem Bild, das er von mir hat. Für ihn bin ich die Dame mit dem Hündchen. Dabei habe ich gar keinen Hund, ich wollte nie ein Haustier, obwohl ich schon als Kind Hunde und Pferde liebte, wie ja die meisten Mädchen. Pawel nennt mich so, weil ich in der Cafeteria an den Hund vom Nachbartisch meine mitgebrachten Schnitten verfütterte, ohne dass Herrchen und Frauchen etwas bemerkten. Als sie aufbrachen, widersetzte sich ihnen ihr Spitz, bellte und zerrte an der Leine, so dass die Frau die Flucht ergriff und dem Mann nichts anderes übrigblieb, als das Tier unter den Arm zu klemmen und ihr zu folgen. So war Pawel auf mich aufmerksam geworden. Zumindest behauptet er das. Ich habe ihn erst später bemerkt.

Ach, so ist das, werden Sie jetzt sagen, ein Mann steckt hinter der Tierparkbegeisterung, ein Pawel ist des Pudels Kern! Doch so einfach ist das nicht. Die Jahreskarte hatte ich gekauft, bevor mir Pawel aufgefallen war. Was macht man als Frau von Anfang fünfzig, wenn man allein in einer Nebenstraße der Frankfurter Allee lebt und spazieren gehen möchte. Entweder läuft man durch die Straßen seines Viertels oder fährt mit der Straßenbahn in den Volkspark Friedrichshain oder mit der U-Bahn zum Tiergarten – ich meine nicht den Stadtbezirk gleichen Namens, sondern den Park westlich des Brandenburger Tores. Der Tiergarten ist mir fremd geblieben. Gerade im Winter bin ich dort ungern allein. Der Volkspark Friedrichshain ist überlaufen, zumindest dann, wenn ich Zeit habe, also am Wochenende. Und plötzlich fiel mir der Tierpark ein, warum fährst du nicht in den Tierpark. Das war an einem Sonntag im November, Nieselwetter. Ich wäre fast wieder umgekehrt, als ich im sogenannten Bärenfenster, also dem Zwinger, der auf die Straße hinausgeht, diesen Bären sah, der einen Felsbrocken umrundete. Erst dachte ich, es wären zwei Bären, weil er immer so schnell wieder erschien und mir der Gedanke gefiel, sie spielten miteinander. Es war auch der kürzeste Rundkurs, den er da gewählt hatte, ein wenig mehr Auslauf gab es schon. Alle kennen den Bären, dachte ich, aber der Bär kennt niemanden.

Als sie mich an der Kasse fragten, ob ich eine Jahreskarte haben möchte, hörte ich mich zu meiner Überraschung „ja" sagen, obwohl ich überzeugt war, gerade sechzig Euro zum Fenster hinauszuwerfen oder zumindest neunundvierzig Euro, denn elf Euro kostet der Eintritt für Erwachsene. Doch als ich dann die Pforte passierte, war es, als würde ich ein Stück Land betreten, das mir gehört, zumindest für ein Jahr, als hätte ich gerade einen Vorgarten gepachtet.

Im Winter ist der Tierpark für jemanden wie mich ideal. Wenn die Wisente, das große Gehege am Eingang, im Stall sind, sieht man außer den Adlern in der kleinen Voliere zur Rechten keine Tiere (selbst die Voliere erscheint leer, weil die Adler reglos dasitzen und ihr Gefieder sich nicht von dem Hintergrund abhebt). Man muss schon ein ganzes Stück laufen, um die Tiere zu finden. Bei Nieselwetter ist man praktisch allein. Nur ein paar Kinder mit ihren Vätern, denen offenbar nichts Besseres eingefallen ist, irren noch umher.

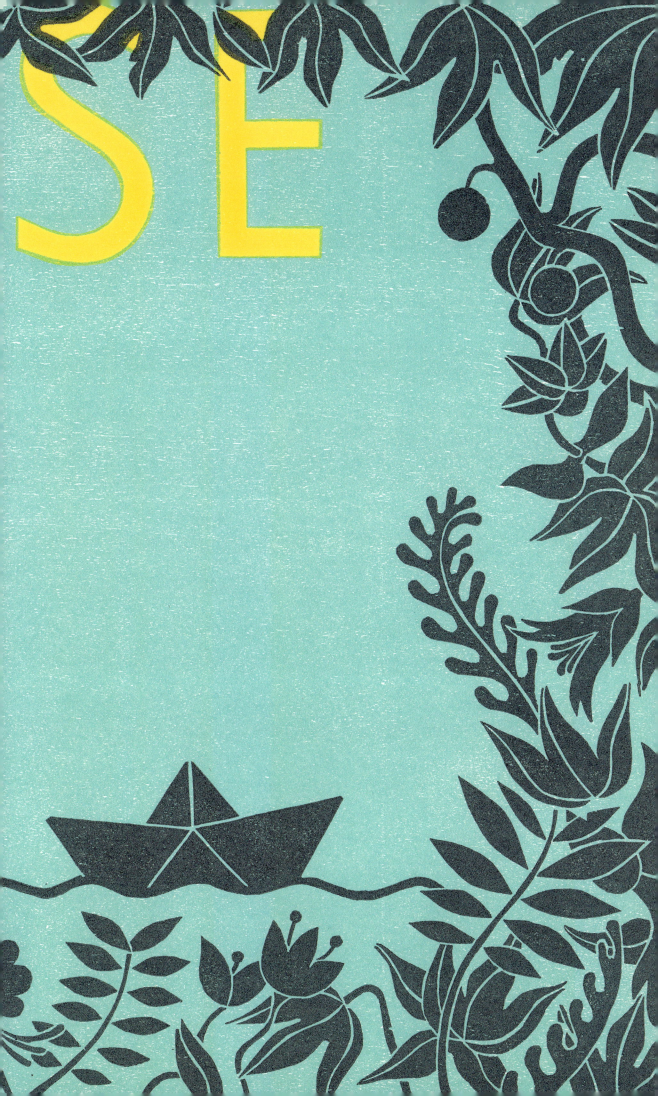

Was mich magisch anzieht, ist die Losbude. Dieser Versuchung erliege ich jedes Mal. Es sind die gleichen Lose, die ich schon als Kind auf Rummelplätzen gekauft habe. Statt fünfzig Pfennigen zahlt man jetzt fünfzig Cent, statt tausend Mark gibt es angeblich tausend Euro zu gewinnen. Ich habe weder früher noch heute je etwas gewonnen. Für mich zählt die Prozedur: Das Los auswählen, es der Verkäuferin reichen, die den rechten und linken Rand abschneidet und es wieder zurückgibt, damit man es selbst entfaltet, um zu sehen, dass dieses Los „nichts" gewinnt – heute steht darauf: „Kein Gewinn". So wie die Inflation voranschreitet, schreitet auch der Euphemismus voran, die Entwertung des Geldes entspricht der Entwertung der Sprache. Ich bin Buchhalterin und Zeitungsleserin, ich weiß, wovon ich spreche. Die Losverkäuferin vervollständigt den Euphemismus auf ihre Weise: „Sie haben das Futter für morgen gekauft." Als wäre das meine Absicht gewesen! Zwischen dem Auswählen und dem Entfalten des Losstreifens hat noch immer die ganze Erwartung und die ganze Enttäuschung Platz, die ich schon damals empfunden habe. Das ist nichts, woran man sich gewöhnt, ganz im Gegenteil.

Meine Touren durch den Tierpark zu beschreiben ist unmöglich. Ich kann mir die Namen der Tiere schlecht merken und habe auch wenig Ehrgeiz, sie zu erlernen. Wenn ich von Hirschen und Rehen spreche, dann ist das natürlich falsch. Sie heißen ganz anders. Ihr Gehege meide ich bewusst, seit ich einmal mit ansehen musste, wie der Platzhirsch angesprengt kam, weil sich seine verängstigten Kühe und Kälber an das Gitter gewagt hatten, um die hineingeworfenen Kastanien zu fressen. Mit gesenktem Geweih griff er sie an. Die Herde flüchtete. Eine Hirschkuh blutete bereits am Auge, das heißt, da war gar kein Auge mehr.

Neulich habe ich versucht, doch ein paar Namen zu erlernen, mitunter verschaffen einem die Tiernamen samt den kurzen Erläuterungen überraschende Erkenntnisse. Das Wisent zum

Beispiel. Anfang der zwanziger Jahre war der Bestand der Wisente – einer Rinderart, die in Mittel- und Osteuropa lebte – auf wenige Dutzend zurückgegangen. Dank internationaler Anstrengungen gelang es, sie vor dem Aussterben zu retten. Die DDR-Eigenproduktion an Jeans hieß: Wisent – man bot sozusagen den heimischen, den nationalen, den osteuropäischen Büffel gegen den westlichen, gegen den amerikanischen auf. In der Natur lassen sich Wisent und Bison erfolgreich kreuzen.

Doch wie gesagt, ich merke mir kaum einen Namen. Ich komme ja nicht wegen der Tiere, ich komme, um spazieren zu gehen. Es gibt Tage, an denen ich außer ein paar Enten und Schwänen und Lamas kaum ein Tier zu Gesicht bekomme, höchstens als Plastik. Überhaupt mag ich die Plastiken. Manche haben etwas, das mich rührt, ja ergreift. Zum Beispiel jene braven Kinderbronzen in der Nähe des Haupteingangs: Bei ihrem Anblick entsteht jedes Mal dieses Sonnabend-Mittag-Gefühl, als wäre endlich die ganze

Welt in Ordnung und unsere junge Republik hätte für diese Woche ihr Aufbauwerk vollendet. Sie erscheinen mir alle derart glücklich, wie ich es nur am Sonnabend beim Klingeln gewesen bin, das die letzte Stunde beendete. Die Plastiken stellen so wohlerzogene, so ordentliche, so höfliche Menschen dar, als sollten auch die Tiere begreifen: Der Mensch ist gut! Und wir sollten begreifen: Das Tier ist gut! Gab es nicht auch ein sozialistisches Tierbild? Diese Tiere aus Stein oder Bronze sind mehr oder minder zahm, schlimmstenfalls bockig, bis auf den Säbelzahntiger, nicht weit vom Dickhäuterhaus. Aber der ist ausgestorben, der darf wild und aggressiv sein. Und auch die vier riesigen Löwen vor dem Brehm-Haus. Die stammen von dem Kaiser-Wilhelm-Denkmal, sagt Pawel, und dementsprechend sehen sie auch aus; sie sollen Furcht einflößen. Und ausgerechnet auf dem Sockel von diesem Denkmal soll nun das Denkmal für den Herbst 1989 und die deutsche Einheit entstehen. Unglaublich, sagt Pawel.

Pawel studiert nicht nur die Tiere, er studiert den Tierpark. Er kommt immer mit Leonhard, seinem vierjährigen Sohn hierher. Pawel könnte Führungen machen. Von ihm weiß ich, dass man 1954 beschloss, auf dem Gelände des früheren Schlossparks Friedrichsfelde den Tierpark zu gründen. Man wollte, sagt Pawel, in „großzügiger Weise Tiergehege schaffen", gleichsam eine andere Idee von einem zoologischen Garten. Die Ostberliner sollten ihn auch selber bauen, ein „nationales Aufbauwerk". Die Berliner Bärenlotterie und die Tierparklotterie brachten Geld, es gab Spenden von Betrieben, Organisationen, Verwaltungen, Schulen und einzelnen Bürgern. Im April 1955 begannen die Bauarbeiten, keine drei Monate später wurde der erste Bauabschnitt übergeben. Wilhelm Pieck, der Präsident der DDR, eröffnete den Tierpark. Mit seinen 160 Hektar Fläche soll er heute noch der größte in Europa sein. Und in welchem Tierpark steht schon ein Schloss, auch wenn die Plastiken im Giebel den Restauratoren

misslungen sind. Errichtet wurde es, sagt Pawel, 1695 für den holländischen Kaufmann Benjamin Raule. Peter Lenné hat den Schlosspark 1840 umgestaltet und nach Osten hin erweitert. Und Charlotte von Mahlsdorf hat, als sie noch Lothar Berfelde hieß, das Schloss nach 1945 bewohnt und deshalb auch das Dach repariert und so das ganze Schloss vor dem Verfall gerettet. Pawel könnte Ihnen die Geschichte der Familie von Treskow erzählen, deren Gräber einen kleinen Friedhof innerhalb des Tierparks bilden, oder etwas über das Konzentrationslager, das es hier gegeben hat, an das heute nur noch ein Gedenkstein erinnert, wenn man von den Eisbären zur Turkmenen-Eule geht.

Im Winter gibt es Tage, da meint man, hier allein zu sein. In der Cafeteria, die hinter der großen Lama-Wiese liegt, wundert man sich dann, wie viele der eigenen Artgenossen es doch wieder hierher verschlagen hat. Pawel fiel mir auf, weil er seinen Sohn auf den Sims des großen, hinteren Aquariums gehoben und dort allein gelassen hatte, während er zu dem Relief des Quastenflossers ging und die Erklärung darunter abschrieb. Ende der siebziger Jahre hatte der Katechet unserer Jungen Gemeinde, die ich damals regelmäßig besuchte, in der Existenz des Quastenflossers ein Indiz dafür gesehen, dass die Bibel doch recht haben könnte und nicht Darwin. Wer auch immer dieses Relief in Auftrag gegeben und hier hat anbringen lassen, hat wohl nicht im Traum daran gedacht, dass Darwin noch einmal gegen den Schöpfungsmythos würde verteidigt werden müssen. Der Quastenflosser, so Pawel, wurde erst 1938 entdeckt. Er gleicht in allen Einzelheiten einem 400 Millionen Jahre alten Fossil. Einer seiner nahen Verwandten muss aufs Land gekrochen und zum Vorfahren der Landwirbeltiere geworden sein. Er bewegt seine Brust- und Bauchflossen entsprechend dem Kreuzgang vieler Landwirbeltiere. Schon allein durch die kleinen Tafeln, die auf die Ähnlichkeiten und Verwandtschaften der unterschiedlichen Tierskelette hinweisen, ist der Tierpark ein Ort der Aufklärung. Und eine Büste für Darwin gibt es natürlich auch. Der fehlende Link zwischen dem Affen und dem Menschen, sagt Pawel, sind wir.

Ich war die Einzige, die in der Nähe des Aquariums saß. Von dort aus sieht man draußen die Lamas. In den Scheiben jedoch spiegeln sich die Fische so deutlich, dass man meinen könnte, sie bewegten sich in dem Papageienkäfig links vom Fenster hin und her. Ich mag Illusionen wie diese, die uns an unserer Wahrnehmung zweifeln lassen. Ich stand auf, um mir die Fütterung der Fische anzusehen, und war so zufällig im richtigen Augenblick zur Stelle, als Leonhard abrutschte und mir in die Arme fiel. Pawel bedankte sich mehrmals. Zu dritt verfolgten wir dann, wie die alte blauäugige Igelfischdame und der gelbe, an eine Südfrucht erinnernde Kugelfisch, Letzterer ist neu und vollkommen verschüchtert, mit einer Pinzette zu fressen bekamen. Ohne diese individuelle Betreuung schnappten ihnen die anderen Fische sonst alles weg.

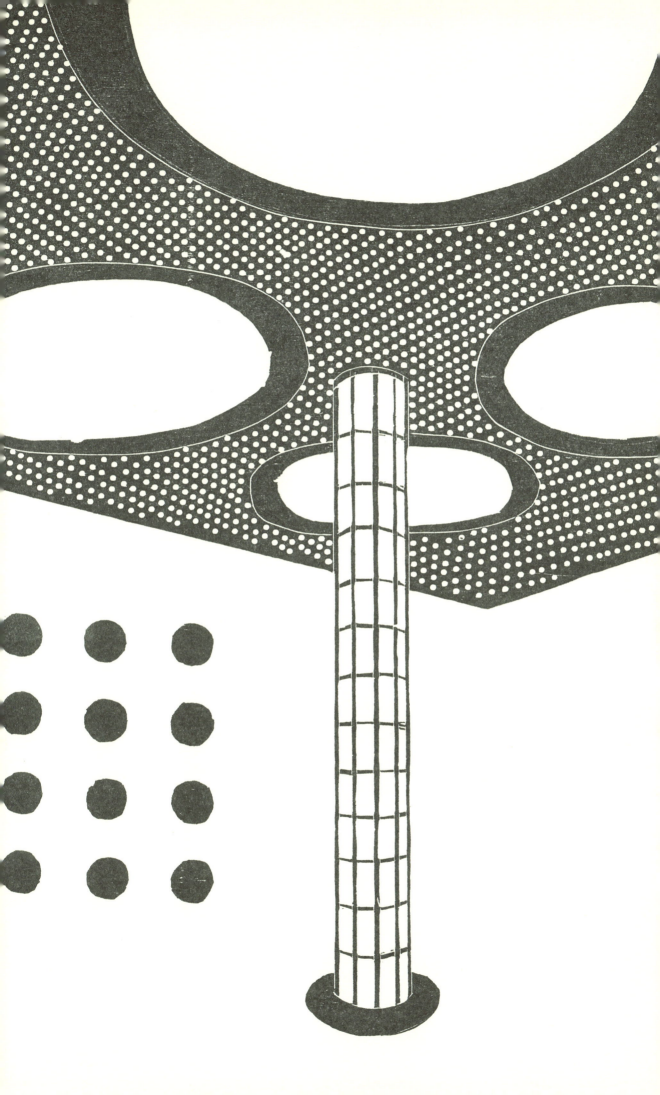

Als wir unser Geschirr abräumten, bemerkte ich, dass auch Pawel und Leonhard Milchreis mit Apfelmus und Zimt und Zucker gegessen hatten. Pawel schien das peinlich zu sein. Ich sagte, ich würde hier immer Milchreis essen. „Ich auch", gestand er.

Die beiden führten mich zum Vieraugenfisch, den ich, hätte ich ihn nicht selbst gesehen, für ein Phantasieprodukt gehalten hätte. Er hat ein Paar Augen für über Wasser und eins für unter Wasser. Die Linsen sind entsprechend den Brechungsverhältnissen des Lichts verschieden. Im Aquarium nebenan schwimmt ein blinder Fisch, ein Höhlensalmler aus Mexiko, für den sich die Augen offenbar als überflüssig oder störend erwiesen haben.

Wir gingen ein Stück gemeinsam. Es hatte zu schneien begonnen. Die Kängurus saßen still da. Als wir näherkamen, hüpften sie ein paar Meter, warteten, hüpften weiter und drehten sich um, als betrachteten auch sie ihre Spuren im Schnee.

Seither komme ich jeden Sonnabend und Sonntag. Ich treffe Pawel und Leonhard gegen halb eins in der Cafeteria.

Verfehlen wir uns, dann weiß ich, dass wir uns am nächsten Wochenende wiedersehen. Wir brauchen keine Verabredungen. So wie ich keine Tiere sehen muss. Mir reicht das Wissen um ihre Anwesenheit. Schon das empfinde ich als angenehm.

Wenn ich auf dem langen Weg zwischen dem Schloss und dem Portal des Restaurants, das im Winter geschlossen hat, spazieren gehe, fühle ich mich auf eine Art und Weise geborgen, wie ich es sonst in keinem Park, in keiner Landschaft, ja nicht einmal zu Hause bin. Bei all den Vögeln, den Enten, Gänsen, Schwänen, Reihern und Kranichen, weiß man nie, ob sie zum Tierpark gehören oder ob sie herkommen, weil sie sich hier sicher fühlen, weil sie Futter finden und ihresgleichen. Pawel sagt, dass bis zu fünftausend Vögel im Tierpark überwintern. Und auch im Spätfrühling und Sommer, sagt er, finden viele Stockenten hier Zuflucht, weil sie während der Mauser flugunfähig sind und nirgendwo sonst so sicher überleben können.

Ich bin auch so ein Vogel, der freiwillig hierherkommt, denn es gibt keinen anderen Ort, der so menschenfreundlich ist. Sehen Sie, er ist etwas für Kinder, für Familien mit Kindern, er ist etwas für Liebespaare, für solche, die es werden wollen, und solche, die es schon sind. Manche kommen hierher, um zu reden. Es ist einfacher, sich hier zu treffen als an einem Tisch, denn hier muss man nicht reden, hier können Sie das Gespräch unterbrechen und ein Tier betrachten. Hier hecheln keine Jogger herum, kein Radfahrer schießt vorbei, dieser Ort eignet sich weder für Geschäftsessen noch für Betriebsfeiern. Umso mehr für Kindergeburtstage. Und auch für Leute wie mich ist es ein idealer Ort, denn hier ist man nie allein, und man wird auch nicht als Alleingebliebene behandelt, man ist ja gekommen, um die Tiere zu betrachten. Der Tierpark erzeugt in mir mehr und mehr ein

Gefühl der Schwerelosigkeit, des Behütetseins, als gehörte ich dazu.

Wenn ich Pawel und Leonhard treffe, warten wir in aller Regel die Fütterung der Fische in der Cafeteria ab, bevor wir unsere Touren beginnen.

Das heißt, ich folge ihnen, sie übernehmen die Regie. Der Zufall wollte es, dass gleich unser zweiter Spaziergang auf eine Anhöhe führte, die ich immer vermieden hatte. Als wir an Seeadlern, Silberschafen und weißen Vögeln, die aussehen wie Tauben, aber keine Tauben sind, hinaufstiegen und uns an der Voliere für die beiden Kolkraben umdrehten, war ich erleichtert. Man blickt weit über die Stadt, aber die Wege des Tierparks bleiben unter den vielen Bäumen verborgen, ja von dort oben erscheint der Tierpark noch viel größer. Im Sommer muss er wie ein Dschungel aussehen.

Über kurz oder lang landen wir fast immer im Dickhäuterhaus. Sonntag ist Badetag für die Elefanten. Der Reihe nach dürfen sie ins Bassin

und schnorren mit dem Rüssel bei den Besuchern nach Keksen, Zwieback oder Brot. Hat man davon genug, braucht man sich nur umzudrehen und kann durch eine dicke Scheibe die Seekühe unter Wasser beobachten. Als ich sie zum ersten Mal sah, flammte in mir die wilde Hoffnung auf, lebende Quastenflosser vor mir zu haben. Doch die Seekühe sind größer, mächtiger, eleganter. Daneben sind die Panzernashörner, Betty und ihr Kalb Saathi. Man kann immer lesen, dass sie kaum natürliche Feinde haben. Dabei sind sie doch fast ausgerottet worden. Wenn der Mensch kein natürlicher Feind ist, was ist er dann für einer?

Das riesige Alfred-Brehm-Haus, Anfang der sechziger Jahre für die Löwen, Tiger und andere Raubkatzen gebaut, umschließt einen durch Scheiben abgetrennten Innenraum, die sogenannte Freiflughalle, in der tropische Vögel und Flughunde ihr behütetes ungestörtes Dasein führen. Würde es bei den Wildtieren nicht so stinken, könnten wir uns auch auf den Bänken, die Rücken den Käfigen zugewandt, niederlassen und das Leben in diesem Dschungel beobachten, so wie es der Tiger in unserem Rücken hinter den Gitterstäben beobachtet. Der fleischige Knochen neben dem Holzstamm zeigt an, dass es außer der vergehenden Zeit nichts gibt, gar nichts mehr, worauf er wartet. Trotzdem kommen einem mit der Angst vor dem Montag, mit der Angst vor der Woche solche Überlegungen. Würde man denn tauschen wollen, ein Dromedar sein auf der großen Wiese? Oder ein Flamingo, der zwischen ihnen steht, ein rosa Farbklecks auf einem Schwarzweißfoto? Am Abend ist ihr Stall erleuchtet, als würden die Flamingos eine Party geben.

Der einsame Wolf vor dem Raubkatzenhaus heult fast immer. Leonhard fragte, warum er denn heule. Weil er allein ist, sagte ich, Weihnachten allein, Ostern allein. „Auch Geburtstag?", fragte Leonhard. Ja, auch Geburtstag.

Die meisten Tiere sind in zoologischen Gärten geboren. Was passiert mit ihnen? Was ergibt sich aus der Kollision zwischen Instinkt und Gefangenschaft? Eine neue Art, eine neue Züchtung?

Ich dachte zum Beispiel lange, dass die Eisbären des Tierparks allmählich ihr weißes Fell verlieren, denn es stach gelblich ab von dem Schnee, so wie sich echte Zähne von einer Prothese unterscheiden. Ich glaubte, die Eisbären verlören allmählich ihre Tarnfarbe oder sie legten sich eine neue zu, weil es hier ja kaum noch schneit, nur diesen Winter. Vielleicht hätten sie in zweihundert Jahren ein dunkelgraues bis braunes Fell. Aber Pawel belehrte mich, dass Eisbären ein weißes oder ein gelbliches Fell haben.

Pawel erklärt uns unentwegt irgendwas. Er weiß sogar, dass Prof. Dr. Dr. Dathe schon 1932 in die NSDAP eingetreten war. Gestern dozierte Pawel über Pelikane, die wegen der Luftpolster unter ihrer Haut außerordentlich leichte Tiere seien. 1961 konnte hier der erste Pelikan in einem deutschen Zoo geboren werden. Er erhielt den Namen Methusalem, auf ihn geht der Großteil der Zucht zurück. Da man ihm zu spät die Flügel stutzte, unternahm er verschiedene Fluchtversuche. Den ersten Flugversuch sah auch Prof. Dr. Dr. Dathe. Der raunzte seine Kollegen an: „Ihr lasst hier einfach die Hundertmarkscheine um das Schloss fliegen." Zuchterfolge sind für den Tierpark oder Zoo das Maß aller Dinge. Die Kunst besteht darin, gefangene Tiere zur Fortpflanzung zu animieren. Das ist ja die einzige Rechtfertigung dieser zoologischen Gärten, dass sie die Arten bewahren. Aber was ist das dann für eine Art, wenn sie nur noch im Zoo vorkommt? Geschieht es in der Hoffnung, dass diese Arten irgendwann alle wieder auf der Erde Platz haben, der Zoo als Arche Noah? 1917 waren die Davidhirsche in ihrer chinesischen Heimat völlig ausgestorben. Ein englischer Tierliebhaber kaufte alle noch in zoologischen Gärten vorhandenen Davidhirsche auf und züchtete sie so glücklich weiter, dass heute wieder genügend da sind, um sie abzugeben, zum

Beispiel auch nach China. Aber was passiert mit den Suppenschildkröten – nomen est omen –, deren Schicksal in ihrer traurigen Physiognomie vorweggenommen ist?

Pawel fand es taktlos, als ich meinte, die Suppenschildkröte und Prof. Dr. Dr. Dathe hätten einen ähnlichen Gesichtsausdruck. Sein Schicksal ist auch traurig. Der Prof. Dr. Dr. Dathe wurde nämlich kurz nach seinem achtzigsten Geburtstag im Dezember 1990 abgesetzt, weil der Einigungsvertrag nicht vorsah, dass Beschäftigte des öffentlichen Dienstes über 60 Jahre übernommen werden. Der ganze Tierpark stand vor der Schließung. Als der Berliner Senat dem Prof. Dr. Dr. Dathe ein paar Tage später auch die Kündigung seiner Dienstwohnung schickte, konnte ihn nicht einmal mehr Annemarie Brodhagen trösten. Er starb Anfang 1991.

Wissen Sie, was ich anstelle des Professors gemacht hätte? Ich hätte alle Tiere losgelassen, oder wenigstens ein paar, oder zumindest den Bären aus dem Bärenfenster. Ich hätte mich mit einem Paukenschlag verabschiedet. Oder ich hätte mich in den Bärenzwinger gesetzt, auf den Stein, den der Bär umrundet. Vielleicht hätte der Bär den Prof. Dr. Dr. Dathe zerfleischt. Aber dann hätte Prof. Dr. Dr. Dathe wenigstens nur kurz gelitten. Vielleicht aber hätte der Bär den Direktor ja doch erkannt, vielleicht kannte der Bär ja ein paar Menschen und hätte Prof. Dr. Dr. Dathe beschützt. Man hätte den Bären dann erst betäuben müssen, bevor man Prof. Dr. Dr. Dathe dort wieder herausgeholt hätte. Der Gedanke gefiel sogar Pawel. Das merkte ich daran, dass er eine Weile schwieg. Wir standen gerade vor den Giraffen. Dort bin ich gern, so verhasst mir früher das Wort Giraffe war. Denn in der Klasse war ich die Giraffe. Hätte ich mir die Giraffen doch damals richtig angesehen, ihren starken Körper, die Eleganz ihres Gangs, ja das Traumartige, das ihre Bewegungen verbreiten. Ich stand da wie hypnotisiert und genoss Pawels Zustimmung. Sonst ist er ein unerbittlicher Lehrer. Nach einer Stunde

Spaziergang schwirrt mir der Kopf von all den Namen. Austernfischer, Dschelada, Poitou-Esel. Dabei muss Pawel selbst oft den Namen erst ablesen. In ihm steckt ein Trieb, alles zu benennen, als existierten die Tiere sonst nicht. Nur bei den Japan-Makaken verstummte er neulich, als wir dazukamen, wie ein Männchen immer wieder ein Weibchen besprang und nicht genug davon bekommen konnte. Leonhard fragte seinen Vater, ob sie spielten. Pawel hat nur genickt. Brazza-Meerkatze, Mhorrgazellen, Gayal, Hawaiigans. Leonhard ist ein gelehriger Schüler. Ich muss immer an mich halten, um nicht laut loszulachen, wenn Leonhard die Namen so selbstverständlich ausspricht: Harpye, Schwarzstirnlöffler, Rotluchs, Steppenrind, Gepard, Schneeziege, Davidhirsch ... Was für mich Enten und Gänse sind, ist für ihn entweder Wassergeflügel, oder er weiß die genaue Bezeichnung: Aztekenmöwe, Strohhalsibisse, Mandschurenkranich. Das Schönste am Tierpark ist, dass man nicht hinausgeschmissen wird.

Wenn es dunkel wird, soll man gehen. Aber da ist niemand, der es kontrolliert. Man kann bleiben. Und wenn es wärmer wird – Kuckuckskauz, Kormoran –, wollen wir hierbleiben. Platz gibt es ja mehr als genug – Rote Varis, Hartmann-Bergzebras, Weißhandgibons, Sekretär, Turkmenen-Uhu. Mit Pawel und Leonhard werden wir auf der Lamawiese oder der Dromedarwiese lagern, zwischen den Flamingos, Schneekraniche, blattgrüne Mamba, Bodinus-Amazone, Tigeriltis, Katzenbär, nur wir drei, Trampeltiere, Dromedare, Helmkasuar, Java-Leopard, eine Nacht, Nacht für Nacht, Mohren-Maki, Skudde, Teju, Puma, Plüschkopfente, eine wilde Familie, Hyazinthara, Vikunja, Serval, wir unter unseresgleichen, Manatis, Goldrückenaguti, Magots, den ganzen Sommer, Makake, Wapiti, Tschaja, Sunda-Gavial, Kiang, Kerabau, Nacht für Nacht. Hutiakonga, Rotohrara, Matamata, Sichuan-Takin, Mishmi-Takin, Nacht, Takin, Takin, Tak, Tak, na ...

Erschienen bei FISCHER Taschenbuch
Frankfurt am Main, April 2018

© 2018 S. Fischer Verlag GmbH, Hedderichstraße 114,
D-60596 Frankfurt am Main

Lizenzausgabe mit freundlicher Genehmigung der
Edition Klaus Raasch, Hamburg
© Edition Klaus Raasch, Hamburg 2016

© 2016 für den Text: Ingo Schulze
© 2016 für die Grafiken: Künstlergruppe augen:falter
Petra Schuppenhauer (S. 3–6), Inka Grebner (S. 11–14),
Julia Penndorf (S. 19–22), Nadine Respondek-Tschersich (S. 27–30),
Katja Zwirnmann (S. 35–38), Franziska Neubert (S. 43–46),
Urte von Maltzahn-Lietz (S. 51–54) und Gerlinde Meyer (S. 59–62)

Typografisches Konzept: Katja Zwirnmann, Leipzig
Bearbeitung für die Neuausgabe: Klaus Raasch, Hamburg
Schriften: Neuzeit-Grotesk black und Super Grotesk bold,
InDesign

Umschlag: Farblinolschnitt (Ausschnitt) von Gerlinde Meyer
und Nadine Respondek-Tschersich

Druckvorstufe: Dahmer & Dörner Druck & Daten GmbH, Hamburg
Druck: Grafisches Centrum Cuno GmbH & Co. KG, Calbe/Saale

Printed in Germany
ISBN 978-3-596-70193-3